cette veuve inconsolable, est trad.
du latin de bucanan, par pierre
de brinon, production singuliere
qui est ignorée des Bibliographes
et ne se trouve que dans la -
riche collection de Mr. pont de
vesle.

L'EPHESIENNE,
TRAGI-COMEDIE.

A ROVEN,
Chez IEAN OSMONT,
dans la Court du Palais.

1614.
AVEC PRIVILEGE.

ARGUMENT.

EN la ville d'Ephese l'vne des plus celebres de toute l'Ionie, cinquante ans apres la Natiuité de Iesus Christ, se trouua vne noble Dame nommée Astasie, laquelle ayant perdu son mary qu'elle aimoit vniquement, vaincuë de douleur & de tristesse proposa de confiner ses iours dans le sepulchre où il estoit gisant: Ses parens & le Magistrat essayerent de l'en destourner, mais ils ne peurent; elle fut quatre iours là dedans auec sa seruante sans boire ne manger, au cinquiesme le Gouuerneur de la prouince feit pendre vn volleur, & afin d'empescher que le corps ne fust enleué de nuict pour l'enterrer, commist vn soldat à la garde; ce soldat auisant de la clarté dans le sepulchre, y entra & persuada cette femme d'en vouloir sortir & reprendre en goust les douceurs de la vie; elle déferant à ses remontrances but & mangea, & non contente, à la mesme heure & au mesme lieu s'abandonna à luy & se submit à ses volontez. Durant cela le corps pendu est desrobé, Astasie craignant que ce soldat ne fust puny, tire du sepulchre le corps de son mary & le fait attacher à la potence. Ce subiet est tiré des Satyres de Petronius Arbiter.

PERSONNAGES.

Astasie la Vefue.
Sarxe } parens de la vefue.
Cosme
Dicaste le Magistrat.
Teleme la Seruante.
Calepe le Gouuerneur de la ville.
Frontin le Soldat.
Prosore & ses compagnons qui enleuent le corps d'vn voleur pendu.

L'EPHESIENNE.

ACTE PREMIER.

Astasie. Sarxe. Cosme. Teléme. Dicaste.

Astasie.

DOnques cruels Destins, & vous parques mutines
Non encor assouuis de sang & de rapines,
Bien que vous en faciez tous les iours vos repas,
Vous auez auant temps enuoyé le trespas
A ma chere moitié à mon autre moy-mesme
Comblant mes tristes iours d'vne douleur extréme!
Vous m'auez dérobé mon bien & mon support,
Vous me l'auez rauy, c'en est fait, il est mort!
Encor si tout vsé du recuil de la vieillesse,
Courbé du faix des ans, chancelant de foiblesse
Nature eust refusé de le plus supporter,
Alors vous eussiez peu iustement me l'oster:
Mais vous l'auez surpris au plus vert de son âge,
Plein d'esprits vigoureux, de force & de courage.

Las! si vous aimez tant les sepulchres bossez,
Si le nombre des morts l'vn sur l'autre entassez,
Le cry des orphelins, l'accent des voix mourantes,
Si toutes ces horreurs vous semblent si plaisantes
Que ne l'accompagnoy-ie en ce dernier conflit?
Tous deux nous n'eussiõs fait qu'vn sommeil, & qu'vn lit,
Et vostre cruauté secondant mon enuie
Nous eust ioints en la mort aussi bien qu'en la vie.
Mais iamais au besoin vous ne venez à nous,
Ce n'est qu'en trahison que vous frappez vos coups,
Quand nous voulons mourir, vous trompez nostre ioye;
Quand moins nous le voulons, nous sommes vostre proye:
Iamais les feux d'Hymen ne nous furent si clairs,
Iamais ses passetemps ne nous furent si chers,
Iamais nostre Venus ne nous fut si plaisante,
Iugez combien sa mort me doit estre cuisante!
Helas, ie t'ay perdu doux espoir de mes iours,
Ma consolation, mon plaisir, mes amours,
Que ne m'est-il permis maintenant de te suiure?
Que ne meurs-ie auec toy, puisque ie n'y peux viure?
Dures fatalitez, bourrelles de mon cœur,
Il vous falloit auoir plus ou moins de rigueur!
Vous me deuiez laisser mon espoux en ce monde;
Ou bien auecques luy me faire passer l'onde
Dont vos arrests sacrez interdisent les bords
Aux esprits non encor deuestus de leurs corps.
Ie traine miserable vne dolente vie
De larmes, de regrets, de desespoir suiuie:
Le viure & le mourir sont deux extrémitez
Qui n'ont point de milieu, mais les calamitez
M'ont si bien maintenant à moy-mesme rauie
Me déniant la mort, me dérobant la vie,
Que viue & morte ensemble en vn poinct mal-heureux,

Entre viure & mourir ie trouue vn entre deux.
Pauure helas, que ie suis, chetiue, infortunée,
Mal-voulue du Ciel, du monde abandonnée
De qui peux-ie esperer desormais du secours?
Quel lieu me sera seur pour y auoir recours?
Si ie choisis les champs pour y faire demeure,
Le matin, à midy, sur le soir, à toute heure,
Mille lieux escartez tesmoins des doux esbas
Qu'autresfois les Destins ne nous enuioient pas,
Reblesseront mon cœur du coup qui me fait plaindre;
I'auray deuant les yeux tout ce que ie dois craindre,
Ma douleur sans cesser s'y renouuellera,
Et nul de mes amis ne m'y consolera.
Si ie veux habiter dans la presse des villes,
Elles sont à vray dire abondamment fertiles,
En tout ce que lon peut desirer de douceurs
Puissantes d'amortir les plus aspres douleurs;
Mais que n'ont-elles point pour les faire reuiure?
L'ombre de mon mary par tout m'y viendra suiure,
Ie le verray le iour, ie le verray la nuit,
Il sera sur ma table, Il sera dans mon lit,
Et d'obiets importuns affligeant ma memoire
M'ostera le repos, le manger, & le boire,
Si ie vay par la ruë, il m'accompagnera,
Maints passans s'offriront desquels il me dira
Cettuy-ci que tu vois fut de mon parentage,
Cét autre là & moy nous serions d'vn mesme âge:
Bref, ce n'est plus à moy d'esperer du bon temps
Soit que ie viue ici, soit que ie viue aux champs.
Mais, qui m'arreste aussi? & pourquoy tant de plaintes?
Forçons par la vertu ces vergongneuses craintes,
Et montrons qu'vne femme est capable d'aimer,
Suiuons ce corps deffunt, allons nous renfermer

Dans son sepulchre noir faisons luy compagnie,
Et rauissons la mort à qui nous la denie.
L'eau du Lethe oublieux est commune pour tous,
Les portes de Pluton n'ont ne gonds ne verrouls,
C'est vn gouffre beant à quiconque y veut tendre,
Nul ne peut maintenant m'empescher d'y descendre.
Sar. *Tout beau, tout beau ma sœur, reprenez vos esprits,*
Et n'ayez point en vous vne chose à mespris
Que vos iustes douleurs regrettent en vn autre;
Voulez vous disposer de ce qui n'est point vostre?
Nous sommes à la vie, & non la vie à nous:
Et puis que pensez vous que ce sera de vous
Quand vous aurez dormy dessous la Parque blesme?
Voyez vostre mary, car vous serez de mesme,
Vne masse de terre; vn tronc sans sentiment
Dont les serpens naistront, où prendront aliment
Cent & cent mille vers, faisans de vostre face
Et de vos membres beaux vne laide carcasse,
Ha, fuyez ces desseins pleins d'inhumanité;
Par tout ce que de vous iamais i'ay merité
Par les plus chers ébats de nostre âge premiere,
Par ces larmes ma sœur, & par l'amour derniere
Dont i'accompagne encor cét extrême deuoir,
Ne vueillez contre vous ces fureurs conceuoir;
Maintenez vous pour vous & pour moy tout ensemble,
Car vn mesme lien icy bas nous assemble.
Ast. *Ie veux mourir pourtant, vous perdez vos discours,*
Ma sœur ie veux mourir, & confiner mes iours
Au lieu qui tient enclos mon plaisir & ma vie,
Rien ne me reste plus que cette seule enuie.
Cos. *Enuie abominable, horrible, & sans pitié!*
Hé comment ma cousine où est cette amitié
Que i'esperois en vous deuoir estre immortelle?

Attendez pour le moins que le Ciel vous appelle:
D'où vous vient si soudain de changer vostre humeur?
Vous me nommiez encor n'agueres vostre cœur,
I'estoy vostre plaisir, vostre bien, vos delices,
Vous preniez auec moy vos plus doux exercices,
Et de me voir tousiours ne vous pouuiez lasser,
Qui vous meut maintenant à me vouloir laisser?
Si l'extréme regret que ie sçay qui vous presse,
Voyant vostre mary mourir en sa ieunesse
Germe dans vostre esprit ces funestes desseins,
Songez quel est l'estat des fragiles humains,
Que tout est perissable, & que rien en nature
Sans finir ou changer bien longuement ne dure.
Vostre mary est mort; n'estoit il pas mortel?
Il est mort ieune & fort; il deuoit mourir tel:
Nous tenons seulement par emprunt nostre vie,
Il la faut rendre aux Dieux quand ils en ont enuie,
Et ne point murmurer contre leur volonté,
Car n'est ce pas à eux ce qu'ils nous ont presté?
Cerchez vn autre espoux qui vous rende maistresse
De ce que vous perdez en celuy qui vous laisse;
Il en est tant au monde, espousez en vn beau,
Qui vous aimera bien, & non pas vn tombeau:
Auec luy vous aurez mille nuicts bien-heureuses,
Vous renouuellerez vos flammes amoureuses,
Et dedans leurs ardeurs perdrez le souuenir
De celuy qui ne peut desormais reuenir.
Ast. Il ne sera point dit que iamais Astasie
Non, qui luy donneroit le Sceptre de l'Asie
Ait oublié celuy qu'elle auoit eu si cher:
Pour luy ie veux fuir & le monde & la chair,
Et sa triste demeure à mes plaisirs éleuë
Sera le lieu fatal de ma mort resoluë.

Tel. *N'est-ce point assez dit? cessez d'importuner*
Celle que vos discours ne peuuent destourner
Du genereux desir de consacrer son ame
Aux extrémes deuoirs d'une innocente flame.
Cos. *Si ne faut-il pourtant qu'il en soit fait ainsi;*
Courons au Magistrat l'auertir de ceci,
Peut estre qu'il vaincra cette folle constance
Meslant de sa sagesse auecques sa puissance.
Tel. *Poursuiuez ma maistresse un si noble dessein,*
Et pour un peu de vent dont nostre corps est plein,
Pour un songe leger que lon appelle vie
Ne vous desistez point d'une si belle enuie:
La mort n'a rien d'affreux, ne la redoutez point,
De nos afflictions elle est le dernier point;
S'elle rompt les liens de la nature humaine,
Elle nous tire aussi de misere & de peine:
Ie vous suiuray par tout, Ie vous assisteray;
I'ay vescu quant & vous, quant & vous ie mourray.
Ast. *Allons donques allons ma fidelle Teléme,*
Et les bons Dieux tesmoins de cét office extréme
Que ie reçoy de toy en mon affliction
Vueillent recompenser ta saincte affection.
Mais n'est ce point icy Dicaste qui s'auance
Pour me tenter encor par quelque remontrance?
Dic. *Ne croyant pas au bruit, Madame, ie viens voir*
S'il est vray ce qu'on dit de vostre desespoir,
Chacun en va causant, tout le monde en murmure,
Et lon crie apres moy de ce que ie l'endure.
Ast. *Soit desespoir ou non, en cause qui voudra*
Ce que i'ay resolu tost ou tard auiendra,
Et vous pourriez mesler la glace auec la flame,
Plustost que d'arracher ces desseins de mon ame.
Dic. *Ce ne sont pas desseins ce que vous appellez,*

Mais bien tristes fureurs dont vos esprits troublez
Errans comme une Nef sans guide & sans lumiere
Sont contrains de quitter leur ourse coustumiere:
Non, il n'est point permis, & ne le pensez pas
A pas un des mortels d'auancer son trespas.
Là bas delà le Styx est une large plaine
De tenebres, d'horreurs, & de cris toute pleine,
Ou de mille tourmens sous Minos sont gesnez
Ceux qui forçans la loy de leurs iours destinez
Cerchent iniquement d'une main criminelle
Par un chemin plus court la fatale Nacelle;
C'est là que vous irez lamenter à loisir
Si vous ne surmontez ce funeste desir;
C'est là que mille fois, & mille & mille encore
Le suplice eternel qui ces lieux deshonore,
En souspirs & en pleurs vous fera regretter
Nostre condition que vous voulez quitter;
Mais il sera trop tard, car la mere nature
N'accorde les regrets à nulle creature.
Ast. *Il n'est donc pas permis de disposer de soy?*
Dic. *Si est il est permis, mais c'est selon la loy.*
Ast. *Il ne me chaut des loix quand ie seray passée.*
Dic. *Tousiours vostre memoire en demeure blessée.*
Ast. *Pourquoy mettez-vous donc au nombre des vertus*
Ce que dans Rome fit la femme de Brutus?
Pourquoy vantez-vous tant celle qui forcenée
Sauta dedans les feux ou brûloit Capanée,
Aimant mieux auec luy faire son dernier iour
Que dans un nouueau lict un second vœu d'Amour?
Que ne reprouuez-vous l'affection d'Alceste?
La rage de Didon? & la pitié funeste
De celle qui voyant son pescheur trop souffrir
Luy donna par sa mort courage de mourir?

Dic. *Iamais ie n'approuuay de se tuer soy-mesme,*
La parfaicte vertu ne cognoist rien d'extresme,
Elle est tousiours constante en vn poinct arresté,
Et ne peut oublier la mediocrité.
Ie ne dy pas pourtant qu'il ne soit raisonnable
A ceux qui sont pressez d'vn mal-heur lamentable
De gemir quelquesfois & de plaindre leurs maux,
Nature le permet aux plus fiers animaux:
Nous sommes faits de chair, d'vne estoffe sensible,
Cependant qu'elle souffre, il nous est impossible
D'estre exempts de douleur, mais monstrons-nous constans,
Et supportons le mal qui n'aura que son temps:
Toutes choses ça bas ont leurs vicissitudes,
Le tranquille repos suit les inquietudes,
Le calme suit l'orage, & lon voit rarement
Vn estat affranchy des loix du changement.
Ast. *C'est estre sans courage & d'vne ame bien vile*
Quand pour crainte d'vn coup on en souffre cent mille.
Dic. *C'est estre impatient & n'auoir point de cœur*
Quand on se fait mourir pour fuir son mal-heur.
Ast. *Ne craindre point la mort est-ce estre sans courage?*
Dic. *Ouy bien à ces gens-là qui craignent dauantage.*
Ast. *Que peut-on redouter de plus dur que la mort?*
Dic. *Vn supplice immortel, vn malheur long & fort.*
Ast. *Si c'est en craignant pis ce sera donc sagesse.*
Dic. *Nullement, car souuent la fortune maistresse*
Apres auoir donné du mal & du tourment
Redonne du plaisir & du contentement:
N'abandonnons iamais la derniere esperance
Et croyons que le sort qui par son inconstance
Du siege où nous estions nous a peu renuerser
Par ce mesme moyen nous pourra redresser.
Ast. *Toutes ces raisons là, bien que vous soyez sage.*

A ce que i'entreprens m'animent d'auantage,
Car puis que la fortune à tant de changement
I'auroy peut estre pis viuant plus longuement;
Ie me veux de bonne heure exempter de ses forces
Et fuïr pour iamais ses trompenses amorces.
Dic. C'est vn cœur endurcy qu'on ne sçauroit gaigner.
Ast. A ce coup vertueuse il me faut tesmoigner
Méprisant les auis qu'on me veut faire suiure
Que i'ay bien sçeu mourir lors que ie n'ay peu viure.
Adieu douce patrie, Adieu mes chers parents,
Si i'eusse peu manquer au deuoir que ie rends
I'en appelle à tesmoing le Soleil qui m'esclaire,
Pour vostre seul respect ie l'eusse voulu faire.
Adieu ville fatale à mes calamitez,
Adieu portiques ceints de mille antiquitez,
Adieu murs, tours, rempars, theatres, collisées,
Adieu haure celebre où maintes nefs brisées
Malgré les vains efforts des flots Icariens
Maintesfois ont sauué leurs hommes & leurs biens.
Adieu restes sacrez de ce grand edifice
Que l'on vit trébucher quand l'ambitieux vice
D'vn certain Herostrat voulant estre nommé
Brusla de l'vniuers le lieu plus estimé.
Lors le labeur perdu de deux cens vingt années,
Et par six vingts sept Roys les colomnes données
Furent d'vn vœu commun regretez des mortels
Et de la Cynthienne, où fumoient ses autels.
Adieu plaisirs passez, adieu ioye rauie,
Adieu air gracieux, adieu iour, adieu vie.

Chœur des Vierges d'Ephese.

QVe l'homme est suiect en ce monde
A beaucoup de calamitez!
Et qu'il est bien fol qui se fonde
Au vent de ses prosperitez!

La fortune qui porte enuie
Aux humains iusques à la mort,
Fait que la mer de nostre vie
N'a point de calme qu'en son port.

Ce ne sont que vents & orages,
Bancs, escueils, sables, & rochers;
On n'y parle que de naufrages
Et de miserables nochers.

Tu nous en es vn bel exemple
Vray miroüer de fidelité
Et c'est en toy que se contemple
L'estat de nostre humanité.

Tu viuois heureuse & contente
Auec vn mary ieune & beau;
Te voila chetiue & dolente
Suiuant ton espoux au tombeau.

Encor en ce malheur extresme
Ton seul amour est à blâmer,
Il faut commencer par soy-mesme
Qui veut apprendre à bien aimer.

C'est vn acte sage & loüable
Que pouuoir aimer constamment;
Mais estre constant miserable,
C'est affoler trop sagement.

Toute sagesse est importune
Qui n'a point l'heur de son costé;
Et la vertu sans la fortune,
Est vn flambeau sans sa clarté.

ACTE II.

Calepe. Frontin, accompagné de soldats.

Calepe.

C'Est vn fascheux mestier, c'est vn faix de grand poix
D'auoir à contenir sous la crainte des loix
Vn peuple libertin, éleué dans les vices
Et nourry de long temps à toutes iniustices.
Quand à moy i'en suis las; & bien qu'il semble à voir
Que c'est quelque bon-heur d'estre en si grand pouuoir,
I'aimeroy mieux pourtant dans le siecle où nous sommes
Viure en particulier, que commander aux hommes.
Nous ne plaisons à nul, nous déplaisons à tous,
Toutes les maudissons retombent dessus nous,
Et ceux qui plus prochains nous font meilleur visage
Conspirent les premiers nostre desauantage:
Nous sommes exposez à cent mil accidens;
Nous auons à combatre & dehors & dedans;
Vn Prince n'est iamais sans craindre quelque chose;

Et pour bien s'asseurer il faut qu'il se propose
De tenir la main haute à tout ce que lon fait,
Et punir sans pitié iusqu'au moindre forfait.
Depuis cinq ou six mois i'ay les aureilles pleines
Du bruit des habitans de ces Isles prochaines
Reduits à supporter mille incommoditez
Pour n'estre maintenant leurs haures frequentez
De tant de vaisseaux Grecs qui souloient à toute heure
Mouiller l'anchre à leur rade, & la trouuer bien seure;
Ils se plaignent à moy qu'un nombre de volleurs
Occupent les destroits qui causent ces mal-heurs;
I'en dois ce dient-ils, poursuiure la vengeance:
Si ie ne le fay pas, voila leur mesdisance
Qui s'arme contre moy: si i'en fay quelque effort,
Et qu'il soit inutil, encor auray-ie tort!
Ha qu'un peu de grandeur nous est bien cher venduë!
Helas si nostre charge estoit bien entenduë,
Ie ne sçay qui voudroit perdre sa liberté
Pour un nom seulement qui n'est que vanité!
I'ay depuis quelque temps afin de leur complaire,
(Mais ie doute pourtant qu'on ne puisse rien faire)
Enuoyé cent soldats dans une forte nef,
Ie les ay bien armez, ils ont un braue chef,
Et rien ne leur defaut qui soit propre à la guerre;
Ie leur ay deffendu le retour en ma terre
Qu'ils n'ayent mise à fin la cause de ces maux,
Et pris ou mort ou vif quelqu'un des principaux:
Ie iure par le Styx, ha lon me peut bien croire
Quand ie fay ce serment! & par la vague noire
Du Cocyte fangeux, nul ne se sauuera
De tous les prisonniers que lon m'amenera;
Ie les feray mourir d'une mort si honteuse
Qu'à iamais leur memoire en sera malheureuse;

Aumoins

Aumoins ceux que l'honneur n'aura peu retenir,
La crainte du gibet les fera reuenir.
Mais quel bruit fait-on là! que voy-ie en cette place!
Ce ſont des gens armez, le peuple s'y amaſſe,
Quoy penſe-on en fin contre moy mutiner!
Demande-on mon ſang! veut-on m'aſſaſſiner!
Ie recognoy Frontin qui s'auance à la teſte,
Sans doute c'eſt luy-meſme, il reuient de ſa queſte,
I'attendoy ſon retour auecques paſſion,
Eſcoutons le rapport de ſa commiſſion.

Fron. *Grand Prince à qui les Dieux d'vne grace propice*
Ont donné d'exercer deſſus nous la iuſtice;
Inuincible guerrier qui dans le ſein de Mars
As ſuccé la vertu entre mille hazards,
Ie viens de mettre à chef deſſous l'heur de tes armes
Vn exploit trauerſé d'un million d'allarmes,
Où le Ciel fauorable a teſmoigné combien
Il cherit noſtre Epheſe & conſerue ton bien.
Commandé que ie fus, ie fis leuer les voiles
Sur le poinct que Phebus faiſoit place aux eſtoilles,
Au deſanchrer du port nous cinglons vers Andros
La route du Ponant, le vent fut à propos
Nous prenons terre là, ce peuple qui s'approche
Du golphe Eretrien, où deſſous une roche
Pres le cap de Gereſte habitoient ces voleurs
Plus que nul autre peuple en ſentoit les mal-heurs;
Il ioint à nos deſſeins ſa force & ſa priere,
C'eſt honte à qui d'entr'eux demeurera derriere
Pour nous preſter ſecours; ils y accourent tous,
Et ſe font à peu pres auſſi puiſſans que nous.
A peine auions perdu leur riuage de veuë,
Voila ſoudainement une tempeſte émeuë,
De la part du Midy, ce n'eſt qu'obſcurité,

Et au milieu du iour le iour nous est osté:
Nous nous en estonnons, mais le Pilote sage
Qui dés lors préuoyoit la grandeur de l'orage
Sans en rien tesmoigner, nous redonne le cœur,
Et promet par son art d'en demeurer vaincœur.

Comme on voit en Hyuer la Gruë passagere
De ses commoditez prudente mesnagere
Quand des mers du Leuant cerchant le Nort glacé
Dessus la mer Maior son vol elle a dressé:
Auant que de tenter sa perilleuse route
Au destroit de Conarque elle se remplit toute
De sable & de grauier, puis balance son corps
Essayant s'il pourra resister aux efforts
Du vent dont cette mer est souuent agitée,
Et iamais des marchands sans danger traiettée:
Se sentant assez forte, elle se donne au vent
Et forme vn escadron en pointe par deuant,
Serré sur les costez, & large par derriere
Pour mieux fendre des vents la rigueur coustumiere;
Vous la voyez en l'air tantost parer du flanc,
Tantost montrer le front sans sortir de son rang,
Tant que par industrie & force mesurée
Elle gaigne à la fin la terre desirée.

Ainsi ce bon Patron qui par vn long sçauoir
Entre mille perils s'est acquis le pouuoir
De resister aux vents, ramasse sa stience,
Remache les vieux traits de son experience,
Prend d'vn geste asseuré en main le gouuernail,
Se sied dessus la pouppe, & d'vn sage trauail
Virant ore à la droite, & ore à la senestre
Pour parer aux assauts, tesmoigne qu'il veut estre
De ces deux elemens le glorieux vainqueur,
Et de nostre vaisseau l'unique protecteur.

Cependant le vent croist, la mer horrible sonne,
Et le Ciel courroucé de toutes parts resonne;
L'air s'enflamme d'esclairs, les austres furieux
Poussent les flots grondants iusques dedans les Cieux.
Alors ie vis nos gens abbatus de courage,
Ie les vis assaillis de la peur du naufrage,
Tremblans & palissans, desia desesperez
De reuoir l'Achaye & leurs feux desirez:
Quand ie les vis ainsi la colere m'emporte,
Et presque hors de moy, ie parle en cette sorte.
Quoy! vous auez donc peur degenerez soldarts?
Vous redoutez Neptun, & vous estes à Mars?
Vous craignez vn trident, & vous portez des armes,
Teintes encor du sang de dix mille gens-d'armes?
Où est vostre valeur ordinaire aux combats?
Estes-vous desia morts? ne vous sentez-vous pas?
Lasches, effeminez, songez à vos conquestes;
Vous auez surmonté tant & tant de tempestes,
Et par terre & par mer, faut-il que ce malheur
Moindre que les passez vous abbaisse le cœur?
Ie leur parlois ainsi, quand du haut du nauire
Le Pilote nous dit, i'ay veu les feux reluire,
Courage mes amys, i'ay veu les feux gemeaux
Qui viennent annoncer le calme sur les eaux:
Et tost apres Iupin rasserena sa face,
Aeole s'arresta, Neptun deuint bonasse,
Tout fut paisible & doux, chacun prit son repos,
Hors mis moy qui pensois à ce vaisseau d'Andros
Que nous auions perdu, ayant l'esprit en doute
Quelle part deietté il auroit pris sa route,
Car ie m'en promettois vn fidelle secours:
Nous nous refraischissons à Pisare deux iours
D'où nous n'estions pas loin, car la vague enragée

Nous auoit emporté iusqu'à la mer Aegée.
Au departir de là, donnans la poupe au Nort
Nous cerchons l'Eretrie, obstinez à la mort
De ceux qui reposoient parmy tant de tempestes,
Resolus d'appaiser aux despens de leurs testes
Les Dieux trop iustement contre nous courroucez
De ce qu'estans en paix nous les auons laissez:
Tout nous vint à souhait, ces pirates infames
Nous auoient apperçeuz, & à force de rames
Croyans que nous fussions marchands abandonnez
Nous vindrent aborder assez mal ordonnez:
L'équipage estoit prest pour cette bien-venuë,
Ie donne le signal, nous entrons l'espée nuë
Soixante ou quatre-vingts d'assaut dans leur vaisseau;
Plusieurs surpris d'effroy se ietterent dans l'eau,
Quelques-vns plus hardis se mirent en deffence,
Ceux-là furent tuez; tant que comme ie pense
(Car l'ardeur du combat peut égarer les sens)
Que noyez, que tuez, il en est mort deux cens:
Prince voila celuy qui commandoit aux autres,
Ie le vy ce iour-là meslé parmy les nostres
Le coutelas au poing faire teste aux plus forts
Que desia tous les siens estoient laissez pour morts,
Sa valleur m'obligea de luy donner la vie
En foy de Capitaine; & puis i'auois enuie
Parce qu'il estoit chef, de le vous presenter,
Afin que nostre exploit vous peust mieux contenter.
I'ay fay couler à fonds leur superbe nauire,
Et c'est sommairement ce que ie vous peux dire.
Cal. Frontin ce n'est pas peu, vous auez merité
Vn renom immortel de la posterité,
Par vous tous nos voisins & le peuple d'Ephese
Remis en liberté reuiuront à leur aise.

Pour honorer ce iour que i'ay tant attendu
Ie veux que ce volleur soit maintenant pendu,
Que toute l'Achaye apprenne en son supplice
A reuerer les Loix & craindre la Iustice :
Ie ne me souci' pas du don de vostre foy,
Vous n'auez peu ny deu vous obliger sans moy;
Pour le bien du public il est besoin qu'il meure,
Que son corps mal-heureux honteusement demeure
Attaché par trois iours au conspect d'vn chacun;
Et craignant que la nuict il ne vienne quelcun
Qui le vueille enleuer pour amoindrir sa honte,
Frontin faictes si bien que vous m'en rendiez conte.
Ie vay remercier les celestes bontez
De tant de maux diuers heureusement domtez,
Et le prier de prendre en gré le sacrifice
Du sang de ce meschant que i'offre à leur iustice.
Front. *Acheuez mes amys ce funeste deuoir,*
Si ma foy me sçauoit permettre de le voir
Ie vous assisteroy; que rien ne vous retarde
Ie reuiendray ce soir afin d'y prendre garde.

CHOEVR.

Eux qui premiers du nombre des mortels
Ont fait des Dieux selon leur fantaisie,
Fort sagement mirent sur leurs autels
La vierge Rhamnusie.

C'est celle-là qui vange les forfaits,
Aux scelerats iustement importune;
Et sa vertu nous fait iouïr en paix
Des biens de la Fortune.

Que seruiroit de viure opulemment?
Estre bien sains? voir nos enfans capables?
Si les meschans pouuoient impunément
Nous rendre miserables?

Le Spartiat eut raison quand il dit
Que tous les Rois estoient égaux d'office,
Et differoient seulement en credit
Par la seule iustice.

Du peuple bas Deioces fut tiré
Pour sa iustice, & regna sur les Medes,
Leur faisant voir qu'vn estat déploré
N'a point d'autres remedes.

La Iustice est des Monarques l'honneur,
Le bien des grands, le support des pupilles,
L'espoir des bons, des mauuais la terreur,
Et le repos des villes.

ACTE III.

Frontin. Astasie. Teléme.

Frontin.

TE voila pauure corps que la cruelle enuie
Et l'infidelité n'ont peu laisser en vie!
I'appelle pour tesmoins les hommes & les Dieux,
Que ie suis innocent du supplice odieux
Que lon t'a fait souffrir : ta valleur genereuse

N'auoit pas merité une mort si honteuse:
Mais s'en est fait pourtant, ton malheureux destin
Par vn chemin forcé deuoit trouuer sa fin:
Ie demeure apres toy exerçant mon supplice
A prendre garde icy qu'aucun ne te rauisse.
Apres mille tourmens longuement supportez,
Apres mille trauaux heureusement dontez,
Apres auoir seruy d'vn cœur infatigable
Mon Prince & mon pays, le salaire honorable
Qu'on me fait receuoir pour tant de temps perdu,
C'est d'estre gardien d'vn pyrate pendu,
C'est de coucher trois nuicts aux pieds d'vne potence,
Voila de mes labeurs la belle recompense!
Et puis suyuez la Cour! faites seruice aux grands!
Donnez à leurs plaisirs vostre force & vos ans!
Embrassez leurs desseins d'vn zele tout extresme!
Méprisez vos amys! méprisez-vous vous-mesme!
Courez mille hazards pour leur ambition!
A la premiere humeur, la moindre impression
Qu'ils prendront contre vous, vous voila hors de grace,
Et cela seulement tous vos bien-faits efface.
Bien-heureux celuy-là qui loin du bruit des gents
Sans cognoistre au besoin, ny Palais, ny Sergents,
Ny Princes, ny Seigneurs, d'vne tranquille vie,
Le bien de ses parens mesnage sans enuie.
Ie sçay bien le suiet qui fait que contre moy
Calepe est animé, c'est le don de ma foy
Que ie fey pour sauuer ce malheureux corsaire;
M'a-il pas obiecté que ie ne l'ay peu faire?
Ie ne conteste point contre luy pour l'honneur,
Ie ne vay point du pair auecques sa grandeur,
Non, mon ambition n'est point si haut montée.
Mais deuoit-il moins rendre à l'heur de mon espée

Que de luy redonner ce qu'elle auoit sauué,
Puis qu'aussi bien sans elle il en estoit priué?
Deuoit-il moins pour moy triomphant d'vne guerre
Qui menaçoit de pres son estat & sa terre,
Et qui rendoit douteux tout ce qui estoit sien,
Que de me redonner vn homme desia mien?
Et au lieu de cela, comme si ma vaillance
Auoit démerité, il faut qu'en ma presence
A mon veu, à mon sceu, il soit mis au gibet,
Et que ie sois commis pour y faire le guet!
Le voila bien vangé! c'est vne belle gloire
D'auoir esté cruel! Pensez que sa memoire
En sera bien plus grande à la posterité
Quand on orra parler de sa seuerité!
Il s'est persuadé peut estre que cét homme
M'auoit pour le sauuer promis quelque grand somme
De l'or qu'en escumant il auoit conquesté;
Ou qu'il m'appartenoit de quelque parenté.
Mais il se trompe fort, ce n'est ni l'vn ni l'autre;
Bons Dieux si i'ay failli, la faute est toute vostre!
Car pour vous imiter fuyant la cruauté
I'ay suiui la clemence & la benignité:
Ie sçay bien qu'vn soldat doit estre sanguinaire,
Et qu'à toute pitié son mestier est contraire;
Mais c'est parmi les coups, entre les ennemis,
Et non pas contre ceux qui sont desia submis:
Le Lion ne combat que ce qui luy fait teste,
Et le Ciel ne punit du choq de sa tempeste
Que les monts sourcilleux, & les arbres plus forts
Qui semblent s'opposer à ses puissans efforts:
C'est vn acte honteux, c'est vne sale enuie
De massacrer celuy qui demande la vie!
C'est bien auoir le cœur laschement furieux!

Mais

Mais d'où vient la clarté qui me frappe les yeux!
Chacun est retiré, l'heure est desia tardiue:
I'entens les mots confus de quelque voix plaintiue,
Il me faut approcher & sçauoir ce que c'est.
Ha, c'est vn monument! ce lieu-là me déplaist:
I'ay veu cent fois la mort au milieu des allarmes
Terrasser pres de moy mille & mille gens-d'armes,
I'ay cent fois veu ses traits attachez à mon flanc,
Cent fois i'ay veu ses mains tremper dedans mon sang,
Iamais ne m'a fait peur, iamais le coup sensible
Qu'elle porte aux humains ne m'a semblé terrible,
Sinon dedans ces lieux où habitent l'effroy,
La triste solitude, & le silence coy.
I'y veux entrer pourtant, & sçauoir qui s'afflige,
Car la charge que i'ay à ce faire m'oblige:
Que sçay-ie si quelqu'vn recelant en son cœur
Quelque meschant dessein, ialoux de ce peu d'heur
Qu'au prix de tant de maux à la Cour lon achette
M'auroit point machiné quelque fraude en cachette,
Pour me rauir en fin par ses trompeurs efforts
La faueur de mon Prince & cét infame corps.
Sus tentons le peril. Helas! c'est vne Dame
Qui gemit & se plaint; il paroist que son ame
Se soit donnée en proye à toute affliction,
Et que le desespoir suyue sa paßion:
Si ce n'estoit son dueil qu'elle sembleroit belle!
Qu'elle a bonne façon! Ie veux m'informer d'elle
Du suiet qui la meut à se douloir si fort,
Et viure dans ces lieux reseruez à la mort.
Le Ciel vous soit benin Madame ie l'en prie,
Contez-moy, s'il vous plaist, qu'elle est la fascherie
Qui cause vos souspirs, & pourquoy vous pleurez?
Ast. *Las! qui pouuez-vous estre amy qui l'ignorez?*

Toute la ville encor en est pleine de larmes.
Fro. Ie suis Frontin, l'honneur des valeureux gendarmes
Qui viens d'exterminer ces Pyrates mutins
Qui mettoient en debat la paix de nos destins,
Qui perdoient le commerce, incommodoient la ville,
Et rendoient nostre Haure une place inutile.
Ast. Vostre nom pour cét acte à iamais glorieux
Des peuples à venir soit poussé dans les Cieux;
Puissiez-vous, ioüissant de ce bien à vostre aise
Vieillir heureusement dans la ville d'Ephese:
Pour moy, que les Destins si fort veulent charger
Que rien que le trespas ne me peut soulager,
I'en laisseray le iour mille fois plus contente,
Et sera sur mes os la terre moins pesante.
Fro. Mais encor, pourquoy tant vous desesperez vous?
Ast. I'ay perdu mon mary, Helas mon cher espous
A laissé de ces lieux l'aggreable demeure,
Il est allé là bas attendre que ie meure,
N'est-ce pas mon deuoir que i'y descende aussi?
Fro. Oüy, comme si les morts auoient quelque souci!
Croiriez-vous bien qu'vn corps priué d'ame & de vie
Eut quelque sentiment, eut encor quelque enuie?
Les morts n'ont pas de soin de ce que nous faisons,
Si nous sommes en peine, ou si nous reposons;
Tout est indifferent à ceux qui sans lumiere
Ont passé d'Acheron la poixeuse riuiere.
Ast. Ie suis à mon mary, ie ne suis plus à moy,
Hymen m'a rendu sienne & le don de ma foy.
Fro. Tout lien se dissout, toute chose promise
En son premier estat par la mort est remise:
Chassez de vostre esprit ces friuoles erreurs,
Qui n'ont autre soustien que vos propres fureurs;
C'est vne passion & trop folle & trop forte

De souhaitter la mort pour une chose morte.
Viuez, viuez Madame & laissez là ces lieux,
Venez encor reuoir la lumiere des Cieux,
Venez encor iouïr auec nous de nostre aise
Et du bon-heur nouueau de la ville d'Ephese.
Ast. *Mon bon-heur est icy, ie n'en ay point ailleurs,*
Mes desseins de mourir ne sont point des fureurs,
La mort que ie choisis tesmoigne du contraire,
Les actes sont si prompts que la fureur fait faire,
Tant s'en faut seulement qu'on s'en peust repentir
Qu'on n'a pas le loysir presque de les sentir:
Mais en priuant mon corps de toute nourriture,
Et laissant peu à peu defaillir la nature,
I'ay loysir d'appeller le desdit à garant
Et d'esprouuer le mal que lon souffre en mourant:
Non, ce n'est point fureur c'est une sainte enuie
De reuoir mon mary qui met fin à ma vie.
Fro. *Pensez, pensez deux fois que c'est que de mourir,*
La mort vient assez tost sans qu'on l'aille querir;
Vsez auecque nous des biens de la fortune
Puis qu'a vous comme à nous elle se rend commune.
Mais le iour desia grand me force à vous quitter,
Ie reuiendray ce soir encor vous visiter,
Et ne cesseray point que vostre ame remise
Ne blâme deuant moy l'erreur qu'elle a commise.
Tel. *Madame en verité cét homme là dit bien*
Son conseil est tres-bon vous n'y trouuerez rien
Qui ne soit fort loüable & à vostre auantage,
Et si vous me croyez vous reprendrez courage.
Ast. *Ie ne l'ay point perdu, ie l'ay plustost trop fort,*
Il faut un cœur bien grand pour se donner la mort.
Tel. *Il en faut un plus grand pour se vaincre soy-mesme,*
Et pour estre constant en un malheur extresme.

Ast. *Ayant desia vaincu par vn ferme dessein*
Tant de diuers assauts qu'on m'a liurez en vain,
Méprisé mes parens, mes amys, la Iustice,
Et fait depuis trois iours ce piteux exercice,
Que diroit-on de moy si ie changeois ainsi?
Tel. *Que dira-on de vous si vous mourez aussi?*
Ast. *On estime vne amour qui iamais ne s'oublie.*
Tel. *On se rit de ceux-là qui ont de la folie.*
Ast. *Vostre auis n'est donc plus que ie doiue mourir?*
Tel. *Non, mais que vous deuez plustost vous secourir;*
Ce que vous auez fait est encore loüable,
Mais ce que vous feriez seroit abominable.
Ast. *Vous changez donc Teléme ainsi legerement!*
I'eusse creu plus de poids en vostre entendement;
Iamais ie ne tiendray personne pour habile
Qui se resoudra tost en chose difficile;
Attendons pour le moins le retour de Frontin
Nous suyurons son conseil & nostre bon destin.
Tel. *Hé qu'est-ce que Frontin vous dira dauantage*
Quand vous le reuerrez? que sert tant de langage?
Lon ne peut adiouster sans superfluité
A ce qu'il vous a dit pour vostre vtilité.
Ast. *Certes il m'a payé de raisons à suffire,*
Et tant a peu sur moy ce qu'il m'a voulu dire
Que si i'oublie en fin ces lieux & ma douleur,
De luy seul ie tiendray ma vie & mon bon-heur.
Tel. *Si vous n'estiez du tout incapable de flame*
Ie vous souhaitterois vn tel homme Madame,
La perte du premier seroit douce pour vous
Qui vous auroit causé le gain d'vn tel espous;
Que vous feriez ensemble vn heureux Hymenée!
Quelle ioye en seroit des vostres demenée!
Il m'est auis desia que d'vn soin amoureux

Ie le voy mignarder en ondes vos cheueux,
Caresser vostre sein des doigts & de la bouche;
Follastrer auec vous, languir sur vostre couche
Comblé d'aise & d'amour, vous appeller son cœur,
Ses delices, son tout, son soleil, son bon-heur,
Et tous deux bien contens sans trouble & sans enuie
User en ces ébats vostre commune vie.
Ast. Quand ie ne voudroy point mon vefuage garder,
Ie me cognoy trop bien pour me persuader
Que ce teint effacé, que ces yeux pleins de larmes,
Que mes ans refroidis, eussent assez de charmes
Pour toucher iusqu'au vif un cœur si genereux,
Et pour rendre Frontin d'Astasie amoureux.
Tel. Il semble à vous oüir que soyez desia morte!
Vous valez bien encor un homme de sa sorte;
Une grande beauté n'est iamais en mépris,
La cendre d'un feu d'or a tousiours quelque prix;
Le Soleil est plus beau lors qu'il descend dans l'onde
Qu'il n'est en son Midy quand il brûle le monde:
Pensez-vous pour auoir quarante ans, encor pas,
En estre moins habile aux amoureux ébats?
L'amour ne vieillit point, tandis qu'on le desire
Il est tousiours enfant, & tousiours aime à rire:
Bannissez loin de vous ces regrets & ce dueil
Qui vous font folement souhaitter le cercueil:
Redonnez à ce corps & sa vie & sa grace,
Radoucissez vos yeux, serenez vostre face,
Et d'un prudent oubly medecinez en vous
Le mal que vous laissa la mort de vostre espous.

CHOEVR.

ON tient que le chaud & l'humide
Agissans par le soin prouide
Du grand moteur de l'vniuers
Donnent à chaque creature
Selon les instincts de nature
L'estre & le mouuement diuers.

Le Lion naist plein de courage,
La Tygre, d'amoureuse rage,
Le chien de fidelle amitié;
L'Aigle & le Loup viuent de proye,
Et la Teurterelle est sans ioye
Quand elle a perdu sa moitié.

L'homme plus noble & plus loüable
Par vn sentiment raisonnable
Suit son bien, & fuit le danger;
Bref, chaque animal en sa sorte
A l'inclination si forte,
Qu'elle ne peut iamais changer.

La seule femme en tout le monde,
D'vne ame tousiours vagabonde
Et d'vn cœur tousiours agité,
Ne peut auoir d'autre habitude
Que de viure en incertitude
Sans constance & sans fermeté.

Ce defaut la rend si abiecte
Que le Ciel mesme qui l'a faicte

Honteux de ſa propre façon,
Afin qu'elle ſoit moins connuë
Ne veut qu'elle ait la teſte nuë,
Et luy fait garder la maiſon.

ACTE IIII.

Frontin. Aſtaſie. Teléme.

Frontin.

IE ſens vn feu ſecret qui gliſſe dans mon ame
Et m'échauffe le ſang d'vne nouuelle flame,
Ie ſens que mon eſprit ſe dérobe de moy,
Et qu'vn puiſſant Démon luy viēt faire la loy!
Hà, ce n'eſt point à nous freſle ouurage de terre
De reſiſter au Ciel quand il nous fait la guerre!
Ie pardonne à ce coup au grand Tyrinthien
S'il a voulu languir dans le ſein Lydien,
Si ſa main glorieuſe aſſis dans vne ſalle
A tourné le fuſeau des ſeruantes d'Onphale;
Ie ne m'eſtonne plus ſi le mignard Paris
Préfera de Venus le doux charmant ſouſris
Au ſçauoir de Pallas, & aux belles promeſſes
Que Iunon luy faiſoit d'vn monde de richeſſes;
Ce fut vn coup du Ciel, Amour qui l'aſſiſtoit
Donna la pomme d'or à qui la meritoit.
Il eut raiſon encor ce ieune Priamide
Alors qu'il enleua la belle Tyndaride
Du ſein de Menelas, poſſedant bien-heureux
Le ſuiet qui rendit tant de Grecs amoureux;
Il eſt vray qu'il rompit la foy de l'hoſtelage,

Mais que pouuoit-il moins pour vn si beau visage?
Minos ne vange point en son palais sans iour
Les pechez que lon fait par la force d'amour,
Si peché se doit dire vn acte necessaire,
Car c'est necessité ce que l'amour fait faire:
Et non pas seulement pour nous autres petits,
Mais les plus grands du Ciel y sont assuiettis,
Qui pour mieux deceuoir les simples creatures
Mille fois ont menty leurs noms & leurs figures.
Iupiter trauaillé iusques dedans les Cieux
Des poignants aiguillons de ce mal furieux
A creu ne rien commettre indigne de soy mesme
(Tant l'appetit est fort de cette rage extresme!)
De montrer aux humains trop faciles au mal
Par l'excez de l'amour vn Dieu fait animal.
On la veu se changer en Taureau pour Europe;
En Cygne pour Læda; pour la belle Antiope
En Satyre bouquin; en cocu, pour sa sœur,
Pour le blond Ganymede en Aigle rauisseur:
Et la fille d'Acrise à bon droit prisonniere
Le receut en pluye d'or tombant d'vne gouttiere.
Les autres Dieux ont eu d'autres affections,
Chacun d'eux a senty diuerses passions;
Et resisterions-nous fragiles que nous sommes
Au Dieu vainqueur de Dieux qui sont plus que les hommes!
Ie ne peux éloigner de mon entendement
Celle à qui i'ay parlé dedans ce monument,
Tousiours deuant mes yeux son image est presente,
Ie ne trouue plus rien qui ne me mescontente
Hors mis le souuenir d'auoir eu le bon heur
De voir vne beauté si plaisante à mon cœur;
Tout autre passe-temps importune ma vie,
Et les plus grands plaisirs dont i'euz iamais enuie.

Me ſont indifferents, tant l'amour qui m'a pris
D'vne agreable force, arreſte mes eſprits:
Ie reſſens neantmoins au milieu de ma ioye
De l'incommodité, ignorant & la voye,
Et le moyen certain que ie pourray tenir
Au deſſein que i'ay pris afin d'y paruenir.
Comme vn grand Capitaine aſsiegeant quelque place
Diſcourt en ſon eſprit de ce qu'il faut qu'il face,
Recognoiſt auiſé comme il l'approchera,
D'où ſon canon ronflant ſes murs entamera;
Quel cartier eſt plus foible, & quel lieu plus facile
Pour gaigner le rempart & monter dans la ville.
Le meſme ſoin me tient, car à la verité
Et la guerre & l'amour ont grande affinité:
Ce n'eſt point ſans ſuiect que la fable ancienne
Conioint auec Mauors la belle Cyprienne,
Tout amant fait la guerre, il aſſaut, il deffend,
Il ſuit, il fuit, il veille, il combat, il ſe rend,
Et ſeroit de tous deux vne cruelle choſe,
N'eſtoit que par pitié bien ſouuent lon compoſe.
Mon deuoir eſt de voir comme il faut approcher
Celle que ie pretens, comme il faut l'abboucher,
Quels diſcours ſeront bons à mouuoir ſa conſtance,
Ce qui rendra ſa foy de moindre reſiſtance,
Par où plus aiſément i'entameray ſon cœur,
Et comme ie pourray m'en rendre le vaincœur.
Allons-y c'eſt aſſez. Amour Prince des ames
Fauoriſe mes vœux & ſeconde mes flames.
Pour ſuborner ſa faim, ie porte tout expres
Et du pere Bacchus, & de l'alme Ceres
Les preſents nourriſsiers, ſans leſquels Cytheree
Seroit iniquement des mortels adorée.
Mais quand i'y penſe helas ie ſeroy bien perdu

Si quelqu'vn enleuoit ce malheureux pendu,
Tandis que transporté du taon de Dionée,
I'en auray de tout poinct la garde abandonnée:
Toutesfois, qui voudroit entreprendre sur moy!
Chacun sçait que i'y suis preposé par le Roy,
Que ie veille instamment aux charges qu'il me donne,
Entrons, ie ne crains point qu'il y vienne personne.
Le voila le suiet qui me tient en émoy!
Voila l'œil qui triomphe innocemment de moy!
Et bien, iusques à quand serez-vous obstinée?
Est-ce assez murmuré contre la destinée?
Reprendrez-vous iamais le soin accoustumé
Des celestes beautez de ce corps tant aimé?
Si parmi ces horreurs où vous estes plongée,
Dans ces pleurs, sous ce dueil dont vous estes chargée,
Pasle & maigre de faim, vos yeux ont sans aueu
Eslancé mille traits & d'amour & de feu;
Combien ayant vaincu tant de fascheux obstacles
Et retournée en vous, ferez-vous de miracles!
Combien de ieunes cœurs ardamment allumez
Souspirans vostre nom se verront consommez!
Ast. *C'est se moquer de moy de tenir ces paroles,*
Ie ne m'arreste point à vos discours friuoles,
Pas vn ne se plaindra du mal qu'ont fait mes yeux
Depuis que ie languis dedans ces tristes lieux.
Fro. *Madame, c'est à moy puis qu'il faut le vous dire,*
C'est à moy que vos yeux ont donné du martire:
Ie ne suis plus celuy qu'on a veu quelquesfois
D'vn inuincible bras fausser mille harnois,
Dans le sang & le fer marchandant de la gloire;
Mes desseins, mon honneur, mes armes, ma victoire
Sont de vous honorer, vous seruir, vous aimer,
Et rien que vostre nom ici bas n'estimer:

Ne iugez-vous pas bien à ma voix inégale,
Sanglotante & coupée, à mon visage pasle,
A mes regards sur vous fixement attachez
Que c'est dedans mon cœur que vos traits sont fichez?
I'ay tousiours dedans moy vostre image pourtraite,
Pour nul autre suiet mon ame n'est distraite,
Et tout ce que ie pense ou voir ou approcher
Si ie suis loin de vous ne fait que me fascher.
Deslors que de vos yeux la fatale lumiere
Essaya dessus moy sa puissance premiere
Mon cœur fut si content de se laisser rauir
Que ie deuins tout vostre afin de vous seruir;
Deslors ie retiray mes desseins de la presse,
Ie les fy renoncer à toute autre maistresse,
Vous fustes leur visée & leur ambition,
Et deslors ie brûlay de tant de paßion,
Que quand les Dieux ialoux verseroient sur ma teste
Tout ce qu'ils ont là haut de foudre & de tempeste,
Quand tous les Elemens coniureroient ma mort,
Il faut que ie perisse ou bien que i'anchre au port:
C'est vous qui me rendez amoureux de ma peine,
Qui retenez mon cœur d'une si belle chaine,
Que ie cheris mon mal tant il me semble doux,
Ayez pitié de moy puisque ie suis à vous.
Ast. *Vous auriez le cœur lasche, & l'ame bien peu forte*
Frontin, d'estre vaincu par une chose morte!
Fron. *Ie ne voy rien de mort en vous que la pitié.*
Ast. *C'est pour faire reuiure en son lieu l'amitié.*
Fron. *Que sert une amitié qui nous est si contraire?*
Ast. *Elle sert de beaucoup puis qu'elle fait bien faire.*
Fro. *Bien mourir, c'est bien fait, nul n'en sçauroit douter,*
Mais comme vous mourez, c'est se precipiter.
Ast. *Ie n'ay rien fait encor qui soit mesestimable.*

Fro. *Non pas si vous laissez cette enuie execrable*
De vous sacrifier d'vn impieux deuoir
Aux Manes de celuy qui n'a plus de pouuoir,
Tenez, ie vous apporte à manger & à boire,
Perdez de vostre dueil la funeste memoire,
Laissez-là ces souspirs, secourez-nous tous deux,
Et conseruez en vous l'aimee & l'amoureux.
Ast. *Oüy, comme si de moy dépendoit vostre vie!*
Fro. *N'en dépend-elle point, & vous l'auez rauie?*
Ast. *Ce qui vous est rauy ne vous demeure plus.*
Fro. *Ie demeure viuant, mais tellement perclus*
De tous les sentimens que le viure supporte
Que lon me doit tenir comme vne chose morte.
Tel. *Monsieur, qui ne plaindroit le mal que vous sentez!*
Donnez-moy, s'il vous plaist, ces biens que vous portez,
Ie les vous garderay cependant que Madame
Differe à secourir sa vie & vostre flame.
Fro. *Tenez, n'espargnez pas ce qu'il vous en faudra,*
Peut-estre à vostre exemple elle s'y resoudra.
Tel. *Non feray-ie Monsieur, pour ce bien-fait loüable*
Puisse le Dieu d'Amour vous estre secourable.
Madame c'est assez supporté de douleurs,
C'est assez épandu de souspirs & de pleurs,
Mettons fin à cela, & payons par vsure
Les deuoirs si long temps deniez à nature:
Ie commence à manger, la faim n'a point de loy,
Prenez ce pain, Madame, & faites comme moy.
Ast. *Les raisons de Frontin, & ton aduis Teléme,*
Que ie n'estime moins que d'vne autre moy-mesme,
Pourroient-ils bien assez sur ma fragilité
Pour me faire oublier mon dessein arresté!
Oüy, qui faut par conseil est reputé bien faire;
Baille donc que ie mange afin de te complaire.

Ha, que c'est chose douce à vn corps affamé
D'auoir dequoy manger! Fro. Plus douce d'estre aimé
A vn cœur qui languit recuit de mille flames!
Ast. Mais est-il vray Frontin qu'on aime tant les femmes?
Fro. On ne les aime pas, on forcéne d'amour,
Et sans pouuoir mourir, on meurt cent fois le iour.
Ast. Il faut donc que l'Amour soit vn cruel martyre!
Fro. Plus grand cent mille fois qu'on ne le sçauroit dire.
Ast. Si c'est vn si grand mal, que ne le fuyez-vous?
Fro. Ce que veulent les Dieux ne dépend pas de nous.
Ast. Les Dieux font donc du mal à la nature humaine?
Fro. Ils n'en font pas pourtant, mais on a de la peine
Pour paruenir au bien : nul n'atteint la vertu
Qu'il n'ait auparauant longuement combattu
Contre le desespoir, les vices, la fortune,
Et qu'il n'ait surmonté cette troupe importune:
Ainsi vous la vertu du siecle d'auiourd'huy
Retardez les faueurs qu'ardemment ie poursuy,
Iusqu'à tant qu'éprouué par ma longue constance
Aux foudres plus puissans que l'Amour nous élance,
En fin victorieux i'obtiendray le bon-heur
De vous estre agreable & viure en vostre cœur.
Ast. Si ces pretensions égaloient vos merites,
Si pour vous mes faueurs n'estoient point trop petites,
I'aurois à vos discours dauantage de foy,
Mais sans doute Frontin vous vous mocquez de moy.
Fro. Que le Ciel courroucé pleuue dessus ma teste
Ses orages vengeurs, son ire, & sa tempeste,
Que la terre s'entr'ouure, & m'enferme dessous
Si ie pensay iamais à me mocquer de vous.
Plustost les vents legers deuiendront sans haleines,
Sans fueilles les forests, les riues sans arenes,
Plustost la mer sera sans poissons & sans eaux,

Plustost on verra l'air ennemy des oiseaux,
Que iamais puisse entrer dedans ma fantasie
L'iniurieux oubly des beautez d'Astasie.
Ast. *Mais qu'espereriez-vous ayant mon amitié!*
Fro. *Que mon mal toucheroit en fin vostre pitié.*
Ast. *Vous estes donc content, car ie plainds vostre peine.*
Tel. *Madame excusez-moy; ie sens à son haleine*
Où il en veut venir; il demande de vous
Ce qu'une mariee accorde à son espoux.
Ast. *Il n'est pas mon mary, me croit-il si peu sage?*
Fro. *Ie ne le pretens pas qu'en nom de mariage.*
Dés ce iour ie consacre à vostre volonté,
Et mon obeïssance & ma fidelité,
Ie m'offre tout à vous, & vous iure mon ame
De ne prendre iamais pour espouse autre femme,
Vous seule la serez, vous serez ma moitié,
Et nulle autre que vous n'aura mon amitié:
I'appelle pour tesmoins à cette foy donnee
La Pronube Iunon, le Nopcier Hymenee,
Talase porte ioye, & tous ceux qu'autresfois
On a creu presider aux coniugales loix.
Ast. *Ie ne peux refuser cét honneur desirable,*
De plus dignes que moy l'auroient bien agreable:
Le bon-heur m'a voulu que perdant mon tresor,
Vn autre m'est offert plus precieux encor:
I'accepte ce party, & promets pour revange
Vne foy qui iamais ne cognoistra de change.
Tel. *Et moy qui suis presente à vous voir contracter*
Qu'auray-ie pour ma peine afin de l'attester?
Ast. *Elle a tousiours esté ma seruante fidelle.*
Fro. *Aussi ie luy promets de m'employer pour elle,*
Ie nourris un soldat chez moy depuis long temps,
Ieune, auenant, & beau, riche de deux talens,

Ie te le donneray Teléme en mariage.
Tel. *Vostre seule faueur m'est assez d'auantage.*
Fro. *Ha belle & claire nuict plus que nul de mes iours!*
Ha bien-heureux Frontin content de tes amours!
Que ie baise ces yeux nourrißiers de ma flame,
Et cette bouche encor où repose mon ame.
Ast. *Helas, quel appetit prenez-vous à cela?*
Pauure & défiguree ainsi que me voila!
Plus propre aux Chirurgiens pour vne anatomie,
Qu'à vn homme amoureux pour estre son amie.
Tel. *Frontin fournira donc au deuoir de tous deux,*
Et d'vn anatomiste, & d'vn homme amoureux,
Il trouuera le ioint, il fera l'ouuerture,
Il sondera fort bien les secrets de nature,
Et reduisant en vn l'vsage & le sçauoir,
Exerçant deux mestiers ne fera qu'vn deuoir.
Ast. *Ie pense que Teléme est en humeur de rire.*
Fro. *Acheuons nos desseins & la laissons tout dire.*
Ast. *Que reste-til encor que nous n'ayons parfait?*
Fro. *De mettre nostre Hymen & nos vœux en effait.*
Ast. *Le lieu ne permet pas d'en faire dauantage.*
Fro. *Au contraire ma belle il nous y encourage.*
C'est dans la solitude & sous l'obscurité
Que le Prince des cœurs prend son authorité:
Lon appelle larcins les ébats de sa mere,
Car les gents & le iour empeschent leur mystere.
Ast. *D'vn funeste tombeau faire vn palais d'amour!*
Fro. *Mais d'vne triste nuict allumer vn beau iour!*
Ast. *Ce seroit offencer la cendre mortuaire*
De mon deffunt mary. Fro. *Les morts ont bien affaire*
Dépourueuz de l'espoir de reuoir nostre iour,
Si nous faisons icy ou la guerre ou l'amour!
Il ne leur chaut là bas si leur cendre est cherie:

Quel profit remporta la Royne de Carie
D'auoir par tant de soin son Mausole construit,
Sinon que l'Vniuers en a gardé le bruit?
Ast. *C'est assez de profit qu'elle en soit estimee,*
Fro. *C'est acheter trop cher vn peu de renommee:*
Quand nous sommes passez dans le nombre des morts
La terre n'en est pas plus legere à nos corps;
Nous n'en payons pas moins pour le droit du naulage
A l'enfumé Caron, & le iuste visage
Du vengeur Rhadamant ne nous est pas plus doux
Que si nous auions fait quelque chose pour nous.
Le seul poinct à priser en l'humaine sagesse,
Est de ne s'affliger pour chose qui nous presse,
De recercher son aise, embrasser ses plaisirs,
Et tant que lon le peut contenter ses desirs.
Nostre condition assez tost nous enuoye
Des incommoditez qui troublent nostre ioye:
Ne refusons iamais de prendre nos ébats,
Le temps qu'on a perdu ne se recouure pas.
Tel. *Si vous l'auez promis, que gaignez-vous d'attendre?*
Ast. *Ie ne veux pas pourtant le laisser encor prendre.*
Tel. *Vn plaisir auancé oblige doublement;*
Le bien que lon fait tard est fait ingrattement.
Fro. *Belle qui me donnez tout ce que i'ay de flame,*
Qui seule maistrisez les desseins de mon ame,
Royne de mes humeurs, idole de mon cœur,
Beau suiet dont dépend icy bas tout mon heur,
Par ces yeux mes soleils, par cette chere bouche,
Par ce sein delicat qu'en souspirant ie touche
Ayez pitié de moy, soulagez mon tourment,
Et accordez ce poinct à mon contentement.
Ast. *Vous me percez le cœur doux soucy de ma vie;*
Le mal que vous souffrez & non pas mon enuie

Fait

Fait que ie condescens à vostre paßion.
Ero. *Prenons donc cest endroit pour l'execution.*

CHOEVR. *Amour ou Cupidon.*

L'Amour n'est point issu des flancs de la Cypri-
ne
Comme par leurs escrits plusieurs ont obstiné,
Vne diuinité si belle & si benine
N'auroit iamais produit vn enfant si mal né.

Aussi n'est-il pas fils de cette destinée
Qui des pauures mortels tient le gouuernement,
La volonté des Dieux est trop bien ordonnée
Pour auoir engendré l'autheur du changemẽt.

De dire qu'il sortit de la masse premiere
C'est vne erreur palpable, il ne peut estre ainsi:
Tout ce qui en prouint eut & forme & matiere,
Mais l'Amour est sans forme & sans matiere
aussi.

Ceux-là cognoissent mieux sa natiue malice
Qui de l'oysiueté le veulent estre né,
Car puis que lon la tient la mere de tout vice
Il est vrayment son fils voire son fils aisné.

C'est vn petit serpent de nature maline
Qui couure son venin d'officieux appas;
Qui n'est iamais si beau que quand il nous ruine,
Et ne fait iamais bien que quand il ne veut pas.

ACTE V.

Prosore & quelques soldats auec luy. Frontin. Astasie. Teléme.

Prosore.

TOut va fort bien pour nous, car ie ne voy personne,
Marchons sans faire bruit, que pas vn ne soupçonne
Ce que nous exploitons, courage mes amis
Ie ne manqueray point à ce que i'ay promis;
Il faut auoir ce corps, c'est trop d'ignominie
Qu'il ait souffert ainsi sans que lon luy dénie
Le lict où toute chair doit prendre son repos,
Et quelque peu de terre entombé sur ses os.
L'auez-vous? sauuons-nous, la belle Thaumantide
Lasse de son dormeur chasse la nuict humide.
Fro. *Maintenant ie peux dire auecques verité*
Que ie suis plus heureux que ie n'ay merité.
Depuis douze ou quinze ans i'ay bien eu des victoires,
Cent fois i'ay fait retour chargé de mille gloires
Des combats estrangers, mais iamais mon bon-heur
Sans blesser ou tuer ne m'a rendu vainqueur.
Ma fortune auiourd'huy toutes gloires remporte,
Ie suis venu, i'ay veu, i'ay vaincu; mais en sorte
Que les cris des mourans, ny le sang épanché
Pour en paruenir là ne m'ont fait le planché;
Aussi nulle victoire inhumaine & sanglante
Ne peut estre jamais parfaitement plaisante.

Ha moy bien fortuné qui sens en vn moment
De deux extrémitez vn si doux changement,
Qui peux en mesme temps & mesme suiet estre,
Et amant, & aimé, & seruiteur & maistre!
Sautant d'vn pas heureux sans peine & sans conflit
Des yeux dedans le cœur, & de la porte au lit.
Amour ce sont tes ieux, beaux fils de la Cyprine,
C'est ainsi que sur nous ta puissance domine!
C'est ainsi que tes feux nous sçauent allumer,
Et en mille façons les humains transformer!
Il ne sera iamais que pour la recompense
De tant de biens receuz tes autels ie n'encense,
Tousiours sera ton nom en mes vœux adoré,
Et par moy ton Idale à tous lieux preferé.
Que de contentemens! que de cheres blandices!
Que d'amoureux appas! que de molles delices!
De follastres plaisirs, d'heureuses libertez!
Que tu m'as fait gouster de douces voluptez.
Mais desia le Soleil entré dans sa carriere
Estend ces bras dorez pour ouurir la barriere
Des Cieux clos de la nuict, il me faut retirer,
Et pour le mariage aller tout preparer.
Hé Dieu! qu'est deuenu le corps de ce pyrate!
Me l'a-on dérobé? Fortune trop ingrate,
Ne t'ay-ie peu garder vne heure sans changer!
Tu n'es donc point encor lassé de m'affliger!
Alors que ie pensoy comblé d'heur & de ioye
Me retirer chez moy pour iouïr de ma proye,
Pour recueillir en paix le fruict de mes amours,
Et donner du repos au reste de mes iours;
C'est alors qu'il me faut ô Ciel, ô Destinee!
O beaux preparatifs d'vn futur Hymenee!
C'est alors qu'il me faut pour ne mourir icy

Cercher à viure ailleurs en peine & en soucy!
Trompeuses voluptez! passe-temps dommageables!
Ce vous estoit assez de m'estre peu durables,
De finir en naissant, & de clorre vos yeux
Auant qu'ils eussent veu la lumiere des Cieux,
Sans m'auoir preparé d'vn appast infidelle
Dedans vn vase d'or vne poison mortelle?
Deuoy-ie estre trahy par mes propres desirs?
Et n'auoir ennemis plus grands que mes plaisirs?
Ainsi pensant cueillir la fraize rougissante
L'enfant trouue vn serpent caché dessous sa plante?
Ainsi d'vn beau present la femme de Iason
Seduite par Medee embraza sa maison:
Ainsi d'vn feint accueil le pauure Deionee
Receu par Ixion dans vne sale ornee
De mille raretez, fut meschamment bruslé
Dans vn feu tout expres au planché recelé.
Falloit-il que mon bien me fust si dommageable?
Falloit-il que mon heur me rendit miserable?
On dit que Iupiter là haut tient dans ses mains
Deux tonneaux differens dont il verse aux humains,
Et le bien & le mal par certaine mesure;
Mais en l'extrémité de ma triste auanture,
I'en atteste le Ciel, il est trop inegal,
Ne m'ayant fait du bien que pour me faire mal.
Tout ainsi qu'és forests, ou la vaste Hyrcanie
Vers le Septentrion confine l'Albanie,
Le villageois trompeur qui cognoist la fierté
De la Tygre sauuage & sa legereté;
De morceaux apprestez à sa rage affamee
L'abuse & l'entretient, tandis qu'à main armee
Le Scytique veneur habile prend le soin
D'enleuer ses petits & les porte bien loin.

Puis estant retournee & voyant cette perte,
Ses Faons ainsi rauis & sa couche deserte,
Elle vrle, elle tempeste, elle court çà & là,
Elle maudit sa faim cause de tout celà,
Et prise en ce tourment d'vne fureur extresme
De mille coups de dent se déchire soy-mesme.
Cette beste en sa faim figure mon amour,
Ces petits sont ce corps tant gardé nuict & iour,
Et de l'auoir perdu m'est chose autant amere
Que la perte d'vn fils à vne bonne mere:
Si donc mon infortune égale son mal-heur,
Il reste que ma rage imite sa fureur,
Et ne sçay qui me tient que suyuant cette enuie
Ce fer dedans mon sang ne va cercher ma vie
Sans languir plus long temps apprehendant tousiours
De clorre en deshonneur le dernier de mes iours.
Fatales Deitez qui rendez nos fortunes
Ainsi comme il vous plaist ou luisantes ou brunes,
Et qui de nostre vie escriuez le iournal
Cesserez-vous iamais de m'enuoyer du mal?
Ne vous lassez-vous point de me voir miserable?
Et tousiours contre moy l'augure veritable,
Me fera-il voler à droicte les corbeaux,
Les corneilles à gauche, & dedans les tombeaux,
Parmy les cadauers, durant la nuict obscure
Ainsi que les hibous cercher mon aduanture?
Faudra-il me resoudre à cette extrémité
D'abandonner le lieu de ma natiuité,
Mes parens, mon pays, que d'vn bras inuincible
Depuis quinze ans en çà i'ay rendu si terrible?
Iray-ie suppliant & les yeux abbaissez
Demander du secours à ceux que i'ay chassez?
Ha moy trois fois heureux si les flots d'Eretrie

M'eussent enseuely deffendant ma patrie!
Ou si de ce mien corps outré de part en part,
I'eusse fait en mourant vn glorieux rempart
A mes concitoyens! mon ame impatiente
De l'honneur de sa fin, s'en iroit plus contente,
Ie laisseroy le iour sans peine & sans douleur,
Car vne telle mort animeroit mon cœur.
Ast. *Quelle est mon cher Frontin, dites-moy, ie vous prie,*
Quelle est l'occasion de vostre faenerie.
Fro. *Traistre & cruel Amour, meschãt, malencontreux,*
L'homme est bien hors du sens qui deuient amoureux!
Maudite soit cent fois la funeste iournee
Qu'à ce bourreau des cœurs mon ame abandonnee
Se laissa transporter dedans vn autre corps,
Et me fit en viuant estre semblable aux morts.
Ast. *Où tendent ces propos? pourquoy toutes ces pleintes?*
Vos sermens & vos vœux estoit-ce choses feintes?
Ne tient-il qu'à iurer, à promettre, à mentir,
Et puis ayant ioüy s'en vouloir repentir?
Ingrat, rends moy mon cœur, rends-moy ma renommee.
Fro. *Ie ne me repens pas de vous auoir aimee,*
Ie n'ay de vos faueurs ne dégoust ne mespris:
C'est contre le Destin que i'élance mes cris,
Contre le Ciel, les Dieux, & contre la sequelle
Des Démons conducteurs de la race mortelle.
Ie iure vos beaux yeux, & le charme secret
De nos embrassemens, ie n'ay point de regret
Au conquest que i'ay fait, moyennant qu'il me dure;
Mais que m'aura seruy cette bonne aduanture,
Ces plaisirs, ces ébats, & si chers & si doux
S'il faut que maintenant ie m'absente de vous?
I'auois vn prisonnier que Calepe a fait pendre,
Et se doutant fort bien qu'on deuoit entreprendre

(Comme il est arriué) de deliurer son corps
Pour le coucher en paix au lict commun des morts,
D'vn arrogant pouuoir & d'vne voix supresme
Me fit commandement de le garder moy-mesme;
On me l'a dérobé, c'est d'où vient mon ennuy,
Il est perdu pour moy, & moy perdu par luy!
Sans doute ce cruel qui n'a pour ses delices
Que le fer, & le feu, le sang, & les supplices,
Si ie ne me resouds de fuir promptement
Me fera supporter vn indigne tourment.
Ast. *Si nulle autre douleur vostre esprit ne possede*
Frontin embrassez moy, ie sçay bien vn remede
Par lequel vous pourrez amendant ce mal-heur
Du seuere Calepe éuiter la fureur.
Tirons de ce sepulchre en toute diligence
Le mort que i'ay pleuré pour mettre à la potence
Où pendoit celuy-là que lon vous a osté;
Car puis que mon Destin veut cette extrémité
Que de deux corps aimez ie perde l'vn ou l'autre,
Celuy de mon mary ià deffunct, ou le vostre,
Pour ne perdre le vif que le Ciel m'a rendu
Ie bailleray le mort qui m'est desia perdu:
Ce seroit trop manquer d'amour & de courage
Si pour me conseruer vn si precieux gage,
Vn homme si vaillant, si parfait, & si beau,
Ie n'osoy hazarder vn reste de tombeau;
Vn corps desia reelant d'infecte pourriture,
Incapable à iamais des deuoirs de nature.
Fro. *Ha salutaire aduis! ha bien-heureux conseil!*
Allons l'executer auant que le Soleil
En puisse estre tesmoin, car son auant-courriere
Blanchit desia les Cieux de nouuelle lumiere.
Ast. *Sus Teléme ayde nous, apporte icy ta main,*
Il faut leuer ce corps, c'est vn acte inhumain,

Mais la neceßité maiſtreſſe de nature
Me contraint de priuer ce mort de ſepulture.
Tel. *Celuy que tant de fois vous auez lamenté!*
Pour qui tant de douleurs vous auez ſupporté!
Pour qui vous n'auiez rien que la mort en penſée
Si voſtre intention n'euſt eſté trauerſée!
D'où vient ce changement & cette impieté?
Aſt. *Ceci dépend encor de ma calamité;*
C'eſt en continuant ma fortune tragique
Que le Ciel contre moy trop longuement inique
Ialoux de l'amitié que ie porte à Frontin
Veut d'un treſpas honteux abreger ſon deſtin;
Ce corps le peut ſauuer, eſtant mis en la place
D'vn autre dérabé, que veux-tu que ie face?
Pren mon cœur amoureux, pren ma condition,
Que ferois-tu Teléme en cette affliction?
Laiſſeray-ie mourir celuy qui me poſſede
Et pour l'en guarantir ie ſçauray le remede?
Le verray-ie ſouffrir vn rigoureux treſpas,
Et ie peux empeſcher qu'il ne le ſouffre pas?
Ce ſeroit cruauté, ce ſeroit iniuſtice,
Et ie meriteroy moy-meſme ſon ſupplice.
Tel. *Ignorant le ſuiet ie blamoy vos deſſeins;*
Maintenant ie les trouue & vertueux & ſains,
Et ſuis preſte de rendre à ce loüable office
Tout ce que ie pourray de peine & de ſeruice.
Aſt. *Prenez par là Frontin, & nous deux par-ici,*
Nous le ſouleuerons; vous aurez le ſouci
De l'attacher au nœud qui reſte à la potence;
Courbez-luy bien la teſte afin que chacun penſe
Que c'eſt le meſme corps que lon y auoit mis
Lors que pour le garder vous y fuſtes commis:
Ceux qui l'ont enleué ne l'iront pas redire,

Car

Car ils prepareroient eux mesmes leur martyre.
Fro. *Que la femme est heureuse en ses inuentions!*
Que la femme est feconde en ces affections!
Sans vous chere beauté, sans vous ie le confesse
Mes iours estoient comblez d'eternelle tristesse,
Deux fois vous m'auez mis l'ame dedans le corps,
Vous m'auez retiré deux fois d'entre les morts;
En l'vne vostre amour, contenta mon enuie
Et reprima les feux qui menaçoient ma vie;
En l'autre, la pitié de vostre cœur bien né
M'exempte de la peine où i'estoy destiné.
Aussi, tant que le Ciel sera brillant d'estoiles,
Tant que le pers Neptun se chargera de voyles,
Tant que parmy les Dieux l'amour tiendra son rang,
Et qu'il se nourrira de larmes & de sang;
Tousiours de ce bien fait, la viuante memoire
Restera dans mon cœur, & ton nom plein de gloire
Des siecles auenir, pour ta fidelité
En mille nations se verra rechanté.
Or sus retirons nous, allons à la bonne heure
Vser ensemble en paix, le temps qui nous demeure.

CHOEVR. *Impudicité.*

DEpuis que Cytherée a corrompu nos ames
Des ardeurs de sa volupté,
Nostre honneur sous le ioug des impudiques flames
Se donne à toute impieté.

D'vn pretexte honteux couurant la vilenie
Dont nostre cœur est entaché,
Nous cerchons de la gloire en nostre ignominie
Adioustant peché sur peché.

Nos defauts encheisnants mille fautes ensemble
Pour donner au vice vn beau nom,
Apres auoir failly c'est assez ce nous semble
Si nous pouuons dire que non.

Astasie cruelle en son incontinence
Afin de cacher son forfait
Déterre son mary, le met à la potence,
Et dit encor que c'est bien fait.

Heureux, trois fois heureux, qui iustement peut dire
Auoir surmonté ces erreurs,
Et d'vn esprit constant méprisé le martyre
Dont amour trauaille nos cœurs!

FIN.

Priuilege du Roy.

LOVYS par la grace de Dieu, Roy de France & de Nauarre, à nos amez & Feaux Conſeillers, tenans noſtre Court de Parlement à Paris, & à tous nos autres Iuſticiers, & Officiers, qu'il appartiendra, ou ledit Lieutenant, Salut, noſtre bien amé Iean Oſmont, Marchand Libraire, nous a fait humblement remonſtrer que l'on luy auroit mis és mains deux Tragedies, l'vne intitulée Baptiſte, ou la Calomnie, traduite de Buchanan, & l'autre l'Epheſienne, leſquelles il deſireroit faire Imprimer, mais il craint qu'autres vouluſſent faire le ſemblable, le fruſtrant par ce moyen, de ſes peines, miſes & trauaux, requerant ſur ce nos lettres. A ces cauſes nous auons de grace ſpeciale, permis & octroyé, permettons & octroyons par ces preſentes audit Oſmont, d'Imprimer ou faire Imprimer vendre & diſtribuer, leſdites deux Tragedies, par tout noſtre Royaume, pendant l'eſpace de ſix ans, à conter du iour & dabte de l'impreſſion, & deffendons à tous Libraires, & autres perſonnes, de quelque eſtat & condition qu'ils ſoient, de les faire Imprimer, vendre & debiter ſans la permiſſion dudit Oſmont à peine de confiſcation, deſdits exemplaires, & de ſix cens liures d'amende, moitié apliquable à nous, & l'autre audit Oſmont, voulons en outre qu'en mettant par ledit Oſmont, ces preſentes ou vn extrait d'icelles, qu'elles soient tenuës pour signifiees & venues à la cognoissance de tous, sans souffrir ne permettre luy estre fait, mis, ou donné aucun empeschement, au contraire. Car tel est nostre plaisir. Donné à Paris le vingt septiéme iour de Iuillet, l'an de grace mil six cens quatorze, & de nostre regne le cinquiéme.

PAR LE CONSEIL,

LE CONTE.

www.ingramcontent.com/pod-product-compliance
Ingram Content Group UK Ltd.
Pitfield, Milton Keynes, MK11 3LW, UK
UKHW021515260726
13993UKWH00004B/1676

9 782019 971960